KB058150

당신이 늘 행복하기를 바라며
당신을 축복하는 마음을 차곡차곡 담아
당신에게 작지만 큰 선물을 드립니다.

김 지 유 드림

수고했어 괜찮아 사랑해

seestarbooks 023

수고했어
괜찮아 사랑해

김지유의
그림이 있는
시집

스타북스

시는 내 자신을 위해 썼지만
그림은 다른 이의 행복을 위해 그렸습니다
그렇게 그린 그림들은 모두 그분들에게 선물했습니다

어릴 때부터 시를 좋아했던 나는 일기를 쓸 때도 거의 시로 썼다. 슬픔과 분노를 세세히 나열하기에는 내 일기가 너무 더럽혀지는 것 같아 싫었다. 어느 정도 감정을 가라앉힌 다음 최대한 짧게 쓸 수 있는 시가 있어 행복했다. 감정을 다 표현하고 살면 내가 스스로 그 감정을 감당하지 못할까 봐 두렵기도 했다. 하지만 그 감정을 내 안에 가둬놓을 수만은 없었다. 조금씩이라도 흘러 보내야만 호흡하며 살 수 있었다.

시는 내게 소꿉친구 같은 존재다. 세세하게 다 말하지 않아도 내 말을 들어 주고 나를 이해해 주는 친구다. 북받친 감정을 하나씩 하나씩 조심스럽게 꺼내와 나를 씻어 주는 친구다. 시가 있었기에 다시 사랑할 수 있는 힘을 얻었다고나 할까. 이런 나의 마음을 「나, 시인」에 담았다.

연세대 법학과를 다니면서도 시에 대한 마음은 여전했다. 법대 건물 가까이에 있는 문과대 건물에서 들리는 웃음소리가 왜 그렇게도 부러웠을까. 문과대 건물 근처 윤동주 시비가 놓여 있는 벤치에서 잠시 쉬었다 가는 것은 나의 낙이었다. 그 시비 앞에 누군가가 늘 새로운 꽃다발을 놓아두고 가는 것을 지켜보는 것도 신기했다. 윤동주 시비 앞에 누군가 갖다놓은 싱

싱한 꽃다발을 보며, 시는 시들지 않는 꽃과 같다고 생각했다. 이러한 나의 기억 때문에, 시를 떠올릴 때 꽃이 함께 떠오르는지도 모르겠다. 「윤동주 시비 앞에서」는 가까이 다가갈 수 없는, 하지만 늘 보고 싶은, 짝사랑하는 사람의 마음과 같은, 시를 짝사랑하는 나의 심정을 담았다.

경제적으로 넉넉하지 않은 현실 속에서 공부에 대한 압박감이 항상 있었던 나는, 쉼이 필요할 때는 미술관을 찾았다. 어린 시절 내 고향 목포에는 무료로 관람할 수 있는 미술관이 있었다. 초등학생이었을 때는 언제든지 그림을 그리고 싶으면 그림을 그릴 수 있었지만, 고등학생이 되어서는 대학 입시 준비로 그림을 그릴 수 있는 시간을 할애할 수 없었기 때문에 미술관을 가는 것으로 대신했었나 보다. 미술관을 갈 수 없을 때는 내 눈 앞에 펼쳐진 자연 속 풍경과 꽃이 액자에 담기지 않은 커다란 그림이 되어 나를 위로해 주었다. 모든 것을 관조적으로 바라보다 보면, 내 속에 복잡하게 엉켜 있는 실타래가 하나씩 풀리며 표현할 수도 없고 표현될 수도 없는 답답함이 정리되는 듯하였다. 내 앞에 맞닥뜨린 현실의 문제를 깊이 생각하기에는 냉혹하다고 여겨져, 다 소화하려고도 하지 않고 게워내는 마음으로 시를 쓰는지도 모르겠다. 시를 쓰며 마음에 쉼을 얻고 충전하여 다시 살아갈 힘과 사랑할 힘을 얻는지도 모르겠다.

시를 통해 내 마음을 달래 주고 위로해 주고 나니, 나를 행복하게 해 주었던 것들이 남을 행복하게 해줄 수도 있지 않을까 하는 소원이 생겼다. 내 눈에 담아두었던 것들을 그림으로 담아 선물하면, 그 그림을 받는 사람이 행복해지지 않을까 하는 마음으로 나는 고된 작업을 시작했다. 초등학생 시절 담임선생님은 우리 부모님을 찾아와 그림을 가르쳤으면 좋겠다고 조언해 주셨지만, 많이 배우지 못해 한이 있었던 아버지는 공부를 시켜야 한다며 거절하셨다.

아버지는 내가 초등학생이었을 때 대학교를 졸업할 정도로 공부에 대한 열정이 대단하셨다. 아무튼 난 그림을 제대로 배운 적이 없기 때문에 그림을 그린다는 것은 나에게 고된 작업이다. 익숙하지 않은 것을 낑낑대며 애를 쓸 뿐이다. 그림을 그릴 때 굳이 유화를 선택하는 이유도 마음에 들지 않으면 얼마든지 그 캔버스에 다시 덧칠하여 고치고 그릴 수 있기 때문이다. 「그림으로 전하는 선물」과 「시와 그림 사이」는 이러한 나의 마음을 담아냈다.

꽃과 풍경만이 나에게 위로를 준 것은 아니었다. 주위를 둘러보면 누가 알아주지 않아도 열심히 살아가는 사람들, 속상함을 참아내며 인내함으로써 최선을 다하는 사람들이 있다. 유명하지 않은 평범한 사람들이지만 그분들의 모습을 보고 나는 위로를 얻었다. 그리고 그들도 누군가 위로해 주면 지치지 않고 끝까지 삶을 잘 살아낼 수 있지 않을까 하는 소박한 마음을 담아 내가 그린 그림을 선물하기 시작했다.

이 시집에 담긴 그림은 그런 마음으로 그림을 그려 선물한 그림이다. 선물하기 위해 그린 그림이라서 모든 그림들은 자신의 소임을 다했다. 내가 지금 갖고 있는 그림은 오직 하나뿐이다. 버려진 창틀에 천을 씌워 그 위에 그린 그림 외에 내가 가지고 있는 그림은 없다. 버려진 창틀에 애매하게 제작한 캔버스 위에 그리지 않았다면, 그마저도 내 수중에 없었을지도 모르겠다.

체구가 작아 보이지만 내게는 너무나 크신 분이 계시다. 범접할 수 없는 위엄이 있지만 시를 사랑하는 사람들에게는 손이 닿을 만큼 가까운 곳까지 내려와 친근하게 대해 주는 분이다. 유명한 문학인들과 대화하는 모습을 보면 화려한 삶인 것 같다가도, 진솔한 자신의 삶의 모습을 내비치실 때는 그냥 소탈한 분이다. 하지만 시에 대한 사랑은 일편단심이라서 마르지 않는 샘처럼 에너지를 쏟아내는 분이다. 나는 무궁화와 이분의 모습이 오버랩되어 「무궁화」라는 시를 쓰게 되었다.

이렇듯 꽃과 사람의 모습이 닮아 있어서 시를 쓰고 그림을 그려 선물한 것들이 대부분이다. 내가 평상시에 알고 지내는 분들 외에도 이렇게 성실과 순수한 열정으로 살아가고 있는 사람들은 많을 것이다. 나는 그분들에게도 한 권의 선물 꾸러미를 전하는 마음으로 이 시집을 펴낸다. 그리고 날 위해 시를 써준 분에게도 감사하는 마음을 전한다.

2022년 가을을 기다리며
김지유

contents

제2부, 위로 괜찮아 🐾

제3부, 사랑 사랑해 ♥♥

제1부, 삶   수고했어 🖐💧

나, 시인

나, 시인이 될 수 있을까
아무도 알아주지 않는 들풀이라도
외로운 들풀을 붙잡아두어 말을 걸고
무심코 스쳐 보내지 않는
소꿉 말동무 같은 시인이 될 수 있을까

나, 시인이 될 수 있을까
추억과 아픔을 몸 밖으로 꺼내지만
마구잡이로 난도질하여 꺼내지 않고
보일 듯 말 듯 조심스레 꺼내와
감정의 찌기들을 깨끗하게 걸러내는
계곡의 시냇물 같은 시인이 될 수 있을까

나, 시인이 될 수 있을까
사람의 마음속 민낯을 드러내지만
민낯을 부끄럽게 만들지는 않는
사람을 넘어 대지까지라도 그 안에 품어
따사로운 시선을 비춰주는
아기 품은 어머니 같은 시인이 될 수 있을까

수고했어 ✍

윤동주 시비 앞에서

두꺼운 법서를 끼고서
윤동주 시비가 서 있는
작은 정원으로 간다
문과대 건물에서
걸어 내려오는 학생들에게서
깔깔 웃음내가 풍긴다
그 웃음내에 취해
내 가슴 한켠에서는
부러움이 만발한다
윤동주 시비가 있는
정원에 놀러 가면
누군가 갖다 놓은
꽃들이 만발하여 피어 있다
힘겨운 시대에 피여낸
아름다운 시가 뿌려놓은 씨앗이

그를 기리는 자들의 손에서
지지 않는 꽃으로 피어난다

수고했어 😊

018

시

네 앞에서는
모든 것을 말할 수 있지만
세세하게 말하지 않아도
나를 속속들이 이해해 주기에
경건과 진실로 무장하여
실오라기 하나 걸치지 않는다
하지만 내가 혹시 부끄러워할까 봐
애써 감추어 주는
너란 녀석은
너란 녀석은

네 앞에서는
내 속에서 터져 나오는
감격이나 울분조차도
네 안에 고여 썩지 않고

알록달록 자갈들을 거쳐 흐르는
맑은 시냇물로 씻어 내리듯
말갛게 씻어 주는
너란 녀석은
너란 녀석은

수고했어 👍

시인

마음이 청결하니
시가 써진다

풍경도 시인의 가슴에 담기고
시위도 시인의 머리에 담긴다

시인의 마음이 도화지 되어
무거운 철학도 가볍게 담아
누구에게든지 편하게 다가간다

시인의 청결한 마음에 부딪혀
투영되어 나온 것들은
시인의 목소리를 통해
따스운 세계를 열어간다

수고했어 👐

뉴스와 시

현실을 살아가는 지식
삶을 살아가는 지혜

참혹한 현실
아름다운 진실

세상을 보는 현미경
우주를 보는 망원경

거침없는 질주
쉬어가는 안식처

피곤하다, 냉혹하다, 살고 싶지 않다
충전하다, 극복하다, 살아야겠다

수고했어 🐦

자식이란

부모니까 자식에게
다 해 줄 수 있어야 한다고
생떼를 쓰면서
당연한 요구를
하고 있다고 우기는
바보 같은 날들

자식을 낳은 부모가 되어
다 해 줄 수 없는 현실에
어쩔 수 없으면서
죄인 같은 심정으로
아파하며 울고 있는
바보 같은 모습

수고했어 👍

아빠로 살아간다는 건

비바람과 굶주림으로부터
가족들을 보호하기 위해
일부러 비바람을 맞으려고
긴장을 늦출 수 없는 생존경쟁에
자발적으로 뛰어든 숫사자
기진맥진한 모습으로
집에 돌아와 쉬지만
전쟁터를 알 길이 없는 아이들은
등 따숩고 배 두둑함이
그냥 얻어지는 줄로 착각하고
전쟁터에서 묵직하게 싸우느라
함께 시간을 보낼 수 없었던
어색해진 숫사자를 멀리한다
아빠의 사랑법을 알 리 만무한 아이들은
아빠가 되어서 삶의 무게를 짊어질 때에야
비로소 아빠의 수고에 감춰진 사랑을 이해할까

수고했어 👍

엄마의 품

내가 누구한테 화를 낼 수 있겠어?
엄마니까 화를 내는 거지
엄마니까 자식한테 화나기보다
밖에서 힘든 일 있나 싶어 속상하고

나 때문에 힘들다면서 왜 날 낳았어?
내 잘못 없어, 다 엄마 잘못이야
자식을 잘 키우고 싶은 책임감에
엄마 탓인 것 같아 울음을 삼키고

내가 잘못될까 봐 걱정된다고?
내 일에 상관하지 마, 잔소리일 뿐이야
자식이 행복했으면 하는 걱정에
할 말 다하지 못하고 심장을 태운다

수고했어 🌱

마음 항아리

마음 담은 항아리에
양식이 부족하여
바닥까지 싹싹 긁어
퍼주고 퍼주다 보니
항아리에 구멍이 났는지
마음이 긁혀 쓰리다

생명 살릴 쌀독에
쌀을 가득 채워
식구들의 배를 따뜻하게 하듯
내 마음 항아리에
양식을 그득그득 채워
자식들의 맘을 뜨끈하게 하길

수고했어 🌂

용서

자식을 향한 엄마의 마음에는
창칼이 구비되어 있지 않다
엄마가 아닌 자들의 마음은
뉴스와 인터넷에 창칼을 들고 나와
남의 귀한 자식을 깊숙이 찌른다
몸속에 찔러 넣었다 뺐다를 반복하며
피 묻은 창칼로 글씨를 써서 나른다
피로 쓴 글씨는 분노를 일으킨다
공의라는 이름으로 쓰인 글씨에는
엄마가 가지고 있는 용서가 없다
세상을 지탱하는 진짜 힘은
창칼일까 엄마일까

수고했어 ♨

안주인

살림하는 사람을 무직이라 하여
변변한 직업도 없다 하지만
실상은 안주인으로서
모든 집안일을 경영한다
안주인은 대가 없이
궂은일을 감당하며
가족이 슬픈 일을 당할 때
뼈를 깎아 슬퍼하고
가족이 기쁜 일로 자랑할 때
아낌없이 기뻐한다
알아주는 이 없어도
자기 몸을 깎아
가족들을 살찌운다
잠시 스쳐 지나가는
객客이 아니라

그야말로 주인이다
주인이기에
가족이라는 이름의
기업이 잘 되기를
눈코 뜰 새 없이
진액과 애통으로
가꾸어간다

수고했어 👍

손그릇

누군가 샀지만 쓸 일이 없다며
건네받은 그릇이 찬장에 즐비하다
형형색색 내 눈을 홀린 그릇이지만
쓸 일이 마땅치 않아 장식용으로 둔 그릇들
그 밑에 손이 닿는 자리에 항상 두는 그릇이 있다
깨져도 마음 아프지 않게 편하게 쓰려고
내 돈 주고 싼 값에 사 온 그릇은
하루 종일 내 손 안에서 소임을 다한다
까다롭지 않고 편하기 때문에 자주 쓰고
소임을 다하는 게 기특해 곱게 다룬다
오래오래 함께 하고 싶어서다
닳을수록 애잔하기 때문이다
세월이 지날수록 애틋하기 때문이다

수고했어 🌢🌢

수국

멀리서 보면 하나인데
가까이서 보면 여러 개인 꽃
이렇게 수많은 꽃잎들이
제각각 자기 색깔을 뽐내는데도
왜 이리 조화로울까
혼자가 아니라서 더 아름다운 꽃잎처럼
서로 의지함으로 빛나는 수국처럼
티격태격 온 가족 어울려 지내는 모습이
한여름 햇빛처럼 환하게 빛난다

수고했어 🩵

목마 태운 자의 고통

더 높이 더 높이 올라가겠다고
딛고 올라설 누군가의 목이 필요하다고
날마다 뻐근하여 조금만 건드려도
쓰러질 것 같은 자의 목을 굳이 타겠다고
스스로는 목만 잠시 빌릴 뿐이라고 변명하지만
목마 태운 자는 목숨이 달린 아픔일 수도 있는데
남의 목에 올라타 위만 바라보니
정작 아래 깔린 자의 눈물이 보일 리 없고
자신은 덩실덩실 춤을 출지라도
깔린 자가 무게를 견디지 못해
흔들거리는 다리를 볼 수도 없으면서
자신의 사사로운 욕망을 위해
순진한 사람의 고통을 밟아야만 했을까
억울해서 눈물도 삼키지 못하는 자를
자기 욕망의 무저갱 속으로 삼켜야만 했을까

수고했어

돌 맞은 개구리

장난삼아 던진 돌에
개굴개굴 개구리는 고꾸라졌다
고꾸라진 개구리를 보며
혀를 끌끌 찼다

개굴개굴 개구리야
네 상한 몸은 어쩔 수 없다지만
네 마음까지 상하게 하진 마라
네 생명을 해할 정도의 가치도 없는
비열한 자의 장난일 뿐이야
죽여야만 살 수 있는 자의 비겁일 뿐이야

수고했어 👐

버스 안 세상

얼마간의 수고와 버스비만 있으면 충분하지
이제 편안한 세상이 펼쳐질 것이라네
가야 할 길은 이미 정해져 있네
어느 길로 갈까 고민하는 일은
이미 자네의 일이 아니기에
습관처럼 손잡이에 대롱대롱 매달려
그냥 그렇게 바라다보기만 하면 된다네
자, 얼마나 편안한 세상인가
그러나 그대!
편안함 속에 감추어진 올무를 조심하게나
여기에 발을 들여놓는 순간
버스의 운명에 갇히게 된다는 것을

수고했어 🍃

날씨의 위력

며칠 동안 하늘이 쏟아 부은 비가
커다란 용이 되어 과속으로 달려와
멀쩡했던 모든 것들을 집어 삼킨다
인간이 건축한 것들은 비의 짓무름에
한 번의 저항도 못하고 힘없이 쓸려간다
하늘의 위력 앞에 인간은 얼마나 무력한가
구멍 뚫린 하늘을 올려다보며 원망도 해 보지만
혼자서도 모든 것을 해낼 수 있다는 자만심이
하늘을 노하게 했나 스스로 되돌아보며
우산을 써도 흠뻑 젖어 버린 신발을 내려다본다

수고했어 🖐

삶의 본분

아무도 하기 싫어하는 일
누군가는 해야 하는 일
이것이 내가 살아가는 이유
바로 내 삶의 본분

수고했어 👍

모호한 밤낮

항상 낮인 것처럼 온몸에 햇빛을 받아 치열하게 살기도 하고
항상 밤인 것처럼 모두의 시선을 피해 숨어 지내기도 하고
밤이어도 낮인 것처럼, 낮이어도 밤인 것처럼
불 밝히는 밤이 낮인 것처럼, 빛 가린 낮이 밤인 것처럼
무엇이 거짓이고 무엇이 착각인지 알 수 없는 모호함 속에서
나를 살린 착각은 거짓이 아닌 희망이 되고 위안이 되었다

수고했어

하늘

부지런도 하여라

때론 하염없이 눈물도 흘리고
때론 벼락으로 버럭 화를 내기도 하고
때론 우박 덩이 소금 던지듯 하여 남을 아프게도 하고
때론 자신의 짐이 무겁다고 눈 뿌려 남에게 짐 지우기도 하지만

매일같이 하루도 빠짐없이
해를 띄우고 달을 띄우고 별을 띄우는
넌 참 바지런도 하구나

항상 얼굴빛이 화창할 수만은 없겠지
항상 기분이 상쾌할 수만은 없겠지
그래도 감정에 개의치 않고
쉼 없이 자신의 일을 놓치지 않는
부지런한 네가 참 부럽다   수고했어 ⬚

나의 척, 너의 척

고통스럽지 않은 척
슬프지 않은 척
속상하지 않은 척
날 보호하기 위해
내 얼굴에 쓴 가면
가면에 갇혀 잃어버린 얼굴

아무렇지 않은 척하다가
어쩌다 가면을 벗으면
슬퍼해 주는 척
위로해 주는 척
다독여 주는 척
널 보호하기 위해
네 얼굴에 쓴 가면
가면을 뚫고 나오는 위선

네 모습이 내 모습이기에
척척 알 수밖에 없는 비통함

수고했어 💧

짬

빌딩 숲 사이에
사람들의 숲
사람들의 숲 사이에
꽉꽉 채운 스케줄 숲
스케줄 숲 너머
벽에 걸린 보리밭
그 보리밭 숲속을
커피 한 잔 들고 거닐다

수고했어

슬픔을 가둔 희망

슬픔이 죽음으로 끌고 가지 못하도록
머리부터 발끝까지 희망을 장착하라
슬픔은 온몸을 감싸는 눈물과 같아서
벗긴다고 벗길 수 있는 것이 아니니
희망의 높은 장벽으로 슬픔을 가두라
슬픔은 슬픔대로 그냥 내버려두고
희망의 장벽을 높이높이 쌓아올리라

수고했어 💧

잡초

엊그제만 해도
단지 흙더미에 불과했는데
어느새 씨앗이 날아왔는지
잡초가 무성하다

가꾸지 않고 내버려 둔 흙더미 위로
잡초가 얽혀 있고
잡초가 자란 군데군데에
지나가던 사람들이 내다 버린
쓰레기까지 덮여 있다

잡초를 뽑지 않으면
시간이 지날수록
쓰레기장이 되어 버리니
잡초 같은 생각이
또아리 틀기 전에
꽃을 심어야겠다   수고했어 🎧

고통이 낳은 예술

심장이 부글부글하더니 폭발한다
폭발한 감정이 새어나가지 않게 하려고
무표정한 얼굴과 침묵으로 잽싸게 감춘다
감정이 표출되는 분화구를 막아 버린다
한꺼번에 터져나가면 온몸이 망가질 것 같다

조금씩 흘러 보내자
조금씩 흘러 보내자
조금씩 조금씩
아무도 눈치 채지 못하게
폭발하지 않고 흘러내리게

조금씩 흘러나온 용천수는
몸을 망가뜨리지 않고
따뜻한 온천수가 되어
마음을 적시고 흘러가 글이 되고
손으로 흘러 팔딱거리는 그림이 된다

수고했어 🖐️

제2부, 위로   편찮아 🍀

그림이란

내 손에 붓을 잡으면
내 세상이 펼쳐진다
채우고 싶으면 더 채울 수 있고
빼고 싶으면 아예 빼 버려도 상관없다
내가 만드는 세상에 푹 빠져 있으면
세상만사 괴로움도 한순간에 잊혀진다
내가 꿈꾸는 세상을 그리다 보면
붓이 지나가는 자리마다
붓이 펌프가 되어 희망이 솟아나고
붓이 지우개 되어 고통은 사라진다

편협아 😊

그림으로 전하는 선물

실패랄 것도 없어 보이는 풍경이
실패에게 건넨 말 한 마디
괜찮아, 이 시절도 지나가는 거야

슬픔이랄 것도 없어 보이는 꽃다발이
슬픔에게 건넨 말 한 마디
괜찮아, 나에게도 슬플 때가 있었어

실패가 진정한 성공을 가져다줄 거야
슬픔이 진실한 기쁨을 가져다줄 거야

실패와 슬픔을 이기도록 도와준
자연과 꽃이 고마워
그 마음 그대로 그림으로 간직하여
다른 사람에게도 전하고 싶어

자연과 꽃을 흉내 내어
나도 그 마음 전하고 싶어
너에게 선물을 안겨준다

괜찮아 웃음

시와 그림 사이

화가는 아니다. 잠꾸러기의 잠도 내쫓을 만큼 그림을 좋아했던 꿈 많은 어린 소녀였을 뿐. 그림도 배워야만 할 수 있는 일이지만, 아이러니하게도 한 맺힌 아버지의 소원은 그림이 아니라 공부였기에 소녀는 그림을 배우고 싶었던 소원을 이루지 못하고 오래도록 간직하고만 있었다.

지금은 어른이 되어 잠시나마 화가가 된 것 같은 기쁨을 누리며 산다. 하지만 화가이기보단 시인이고 싶다. 내 시선을 사로잡았던 꽃과 풍경과 사물을 그림으로 회상하며 그 마음을 시에 차곡차곡 담는다. 시에 꾹꾹 눌러 담고 싶은 마음을 잠시 그림에 절일 뿐이다.

시는 나의 행복을 위해 쓰고 그림은 남의 행복을 위해 그린다. 내 마음은 시를 시원하게 게워내며 은밀한 행복을 누린다. 누군가의 그림을 보며 행복했던 나는, 또 누군가 내 그림을 보며 행복하길 바란다. 시와 그림은 나의 행복을 남에게도 나누고 싶은 소원의 결정체이다. 편집아 용용)

빛나는 풍경

결혼한 딸을 떠나보내며
급할 때 쓰라며 건네준 금가락지는
딱한 사정이 생긴 아이에게로
생일을 맞은 아내인 나를 위하여
무심한 듯 건넨 자수정 귀걸이는
사랑하는 제자의 생일선물로
액세서리 하나 없이 어떻게 지내
냐며
친한 동료에게 받은 목걸이는
슬픔에 잠겨 있는 사람의 품으로

가벼운 몸으로 강을 한참 바라보
다가
온종일 빛을 내는 해와 바삐 흘러
가는 강이

만들어주는 선물에 화들짝 놀란다
한낮에는 눈앞에 은가루를 펼쳐 보
이고
해질녘에는 금색 실로 수놓았다가
저녁이 되어서는 핑크골드로 정원을
가꾼다

가진 것 없어도 베풀고 싶었던 마음에
반짝이는 해와 잔잔한 강이 조용히
모든 걸 다 가졌노라고 속삭인다

편찮아 🐢🐢

빛이 만들어낸 색

평범한 초록색에
빛을 입히면
생동감이 깃든
연초록이 되고

칙칙한 분홍색에
빛을 입히면
화사함이 묻은
연분홍이 되고

싸늘하고 음산한 자연에
빛을 입히기만 하면
따스하고 평화로운
생기가 감돈다

무엇에든지
빛만 입히면
새로운 피조물로
되살아난다

괜찮아 😊

저녁노을

노오랗게 달구어진 해가
세상을 따뜻하게 비추더니
서서히 눈을 감기 시작한다
하루 종일 얼굴을 돌려가며
사방 곳곳에 숨어 있는
어둠을 몰아내느라
지칠 법도 하다
너른 바다를 이불 삼아
잠들 때도 있더니
숲속 녹음綠陰을 이불 삼아
잠들기도 한다
하루 종일 열심히 일한 해가
졸리기 시작하면
온 세상이 붉게 물들어간다

편협아 😊

목련

갈색 털을 가진 아기새들이
새록새록 자고 있을 때
순백의 하얀 엄마새들은
나뭇가지에 서서 아기새들을 지킨다

오똑 서 있는 엄마새와
날개를 활짝 펼치고 있는 엄마새가
삼삼오오 모여 아기새 주위에서
꿈쩍도 하지 않는다

수많은 새들이 날아가지도 않고
나뭇가지 위 그 자리에만 붙어 있는 건
왜일까, 어찌된 일일까

앗!

봄에 찾아온 철새가 아니다
봄을 찾아온 목련이다
봄을 기다리는, 맞이한, 만끽한 목련이다

괜찮아 봄봄)

벚꽃

겨울이 너무나도 혹독하여
봄이 영영 안 오는 줄 알았다
봄 햇살을 쬐는 이 순간에도
겨울바람에 오랫동안
시리고 시렸던 가슴은 여전히 춥다
겨울이 너무나도 지독하여
봄이 영영 안 오는 줄 알았다

봄이 왔다는 것이 아직도 믿기지 않는데
태양열에 달구어진 꽃눈에서
팝콘 터지는 소리가 탁탁탁 들린다
팝콘이 순식간에 한꺼번에 터지듯
벚꽃이 하룻밤 새 한바탕 만개했다
벚꽃이 탁탁탁 터지는
경쾌한 소리가 들린다

벚꽃이 봄바람에 휘날린다
겨우내 차가운 눈발만 휘날리더니
벚꽃이 봄바람에 휘날린다
차가운 눈발만 있는 게 아니라
화사한 꽃발도 있다고 희망을 전한다
삶이 매 순간 추운 것만은 아니라고
추운 날이 있으면 화사한 날도 있다고

편철아 웃음)

해바라기

뜨거운 태양이 좋아
아예 태양을 닮기로 했다
태양을 닮은 얼굴은
경외함으로 태양을 바라본다

하늘에 뜬 태양 하나가
땅에서는 수많은 태양으로
반사되어 빛이 된다

땅에 핀 태양의 얼굴 속에서
수만 개의 불꽃이 팡팡 터져 나와
불꽃 축제를 연다

하늘에 핀 태양을 따라가는
땅에 뜬 태양의 가능성은
도대체 어디까지일까

민들레

누구라도 쉽게 볼 수 있는 흔한 꽃이어도 좋아
추운 겨울을 지나 봄을 알리는 전령이 될 수만 있다면

가장 척박한 땅에서 피어나도 좋아
누구든지 내 노란 꽃잎에서 희망을 볼 수 있다면

잠깐 피었다가 바람에 날리는 홀씨가 되어도 좋아
겨우내 숨어 지냈던 인고의 시간들을 기억해주는 자가 있다면

사람들의 발에 밟혀도 좋아
어디에서든지 다시 태어날 수만 있다면

편찮아 웃음)

민들레 씨앗

보송보송한 솜털이 달린 공이
척박한 길가 공중에 우뚝 서 있다

깃털처럼 가벼운 공은
아이들 손에 붙들려
순식간에 바람이 되어 사방에 퍼진다

바람이 만든 낙하산에
숲속 요정이 매달려 기뻐 춤을 춘다

숲속 요정과 함께 날아간 낙하산이
낙하한 곳에서 어떤 일이 일어날까

이미 사라져서 없어진 공이
해를 넘겨 또다시 분신술을 부렸나 보다

보송보송한 솜털이 달린 공이
척박한 길가 공중에 우뚝 서 있다

편협아 흫흫)

부지런한 나팔꽃

매일 아침 바쁘게
햇살 분을 바르고
청초로 치장하는 꽃을
본 적이 있는가

그녀는 부지런도 하여
내가 일어나기도 전에
푸른 드레스를 입고서
환하게 웃고 있다

아침 일찍 일어나
갖가지 색깔로 화장한
어여쁜 얼굴로 단장하고서
생긋 청초하게 웃는다

밤새 푹 자고 나와
부스스하지 않은 웃음을
그렇게도 환하게 웃을 수 있나 보다

그녀가 자러 들어갈 때마다
아쉬움을 금할 길 없지만
내일의 쾌활함을 기대한다

편협아 웃음)

대나무

하늘을 맞닿아도
뿌리가 깊으니
진중하고

빽빽이 솟아도
비어 있으니
포근하고

올곧게 자라도
부드러움이 있으니
부러지지 않는

장엄한 너를
초라한 나는
닮고 싶다

봄의 전령

급하다. 급해
빨리빨리
잎을 피울
시간도 없어
봄이 왔다고
빨리 알려야 해
이 좋은 소식을
빨리 알리고 싶어
안달이 났거든
여름이 오는 건
천천히 알려도 되니
잎이 먼저 나지만
겨울이 지난 봄은
빨리빨리 알려야 하니
잎이 나오기도 전에
꽃 뭉텅이로
화사하게 피어나는 거야   괜찮아 윷윷

志有

봄이 살아 있다

죽을 줄로 알았다
다시 살아날 가망이 전혀 없다고
여겼다
말라비틀어진 가지에 이파리까지
다 떨구어버려서
죽어가는 줄로만 알았다

아기 손가락 같은
초록 잎들이
파릇파릇 솟아오를 때야 비로소
알았다
죽은 게 아니었구나
봄을 준비하고 있었구나
새로운 시작을 아무도 모르게
뿌리 깊은 곳에서부터

준비하고 있었구나
예고도 없이 갑자기
초록빛을 머금은 새싹이
꼼지락 꼼지락 꿈틀거릴 때야 비로
소 알았다
살아 있었구나
겨우내 숨어서
생명의 기운을 온몸으로
빨아들이고 있었구나

봄을 감탄하는 사람들에게
땅도 자신이
살아 있음을 알리려고
아지랑이로 꿈틀거린다

편철아

들꽃이 주는 위로

이름 불러 주는 이 없어도
보살펴 주는 이 없어도
가꾸어 주는 이 없어도
굴곡 없이 자란 자태를 뽐내며
마음 둘 곳 없어
눈 둘 곳조차 잃은 자들의
눈 안에 들어와 소리 없이 외친다

돌아봐 주는 이 없어도
향기롭고 화사하게 피어 있는
나를 보라 나를 보라
가능성을 온몸에 품고도
어깨가 축 처져 있는 그대여
그대의 눈 속에 들어와 있는
늠름한 나의 모습을 보라

도로가 내뿜는 연기를
온몸으로 뒤집어쓸지라도
하늘이 내려준 빗방울로
얼굴을 잠시 씻을 수 있다면
그것으로 족해 그것이면 됐어
가끔은 먼지를 뒤집어쓸 일도 있는 거지
한순간에 벗겨질 날도 있으니까

괜찮아 응응)

식물이 살아남는 법

흙이 좋지 않거나
햇빛을 어설피 받으면
시간의 무게에도 서서히 짓눌려
시들시들하다 결국은 생을 마감한다

토양이 비옥하든지
태양의 힘을 강하게 받든지
각고의 시간을 들여 치솟아 올라
거듭거듭 생장하여 살아남아야 한다

마음이 풍요롭든지
사랑의 힘을 듬뿍 받든지
각고의 인내를 거쳐 뚫고 뚫어
거듭거듭 깨어져도 살아가야 한다

편혈아 응응)

바오밥나무

혹독한 사막에서도
자신의 소임을 다해
하늘을 향해 굳게 서 있다

뿌리처럼 자란 가지는
자신의 뿌리가 건장함을,
건기도 자신을 해치지 못함을
당당히 알리는 도도함인가

무서울 정도로 혹독한 건기에
물 한 방울, 열매 하나를 찾을 길 없어
모든 생명이 하나둘씩 죽어갈 때
자신의 몸뚱어리를 먹이로 바쳐
만물들이 살아가게 한다

몸뚱이가 찢기고 찢겨
애처롭고 흉측하여
자신의 생애도 끝나는 것 같지만
상처 난 몸뚱이를 힘겹게
보듬어 안기 위해 안간힘 쓰느라
더욱 강한 생명력으로 살아남는다

편협아 옳응)

동백꽃

겨울 추위에 자취를 감춰 버린 세상에서
추위를 양분 삼아 활짝 피어난 꽃
무성했던 초록색 잎조차 찾아볼 수 없는 사방에서
시뻘건 이파리와 노오란 꽃술을 뿜낸다
꽃잎에 내려앉은 차가운 눈을 녹일 듯한 기세로
벌겋게 달아올라 한껏 자태를 자랑한다
추위를 흠씬 머금고 피어나는 꽃도 있으니
추위에 움츠러들지 말라고 위로하듯이

편찮아 🍂

아가새

가녀린 몸뚱아리에 달린 솜털이 알을 깨고 나온다
엄마 사랑 열기 듬뿍 받아 솜털에 힘을 잔뜩 싣는다
힘이 실릴 것 같지 않은 솜털이 기어코 껍질을 깨뜨린다
암흑 속의 허무로 묻히지 않으려고
살기 위해 고통의 시간을 견뎌낸다
좁디좁은 어두운 공간이 날 살리는 공간이었지만
시간이 더 지나면 죽음으로 묻히는 공간이 될 수 있기에
온힘을 다해 벗어 제낀다
요란하게 지저귀는 웃음소리

편칠아 음음)

겨울바다는 내 삶의 심장박동기

한 해의 묵은 때를 다 씻는 짙푸른 파도소리가
수많은 카메라 셔터소리에
묻히는 것이 싫다

사람이 아무리 아름다운 색을 만든다 한들
조물주가 만들어놓은 바다 색감이
영혼까지 청량하게 하는 것과 비할 수 있으랴

바쁜 일상에 쫓겨 죽어가는 자를
강한 숨소리를 내뿜는 겨울바다가 만들어낸
파도 바람이 심장을 때려 기어코 살려낸다

내 심장에 역동치는 파도소리를 담고
내 눈에 은빛바다를 영혼 깊숙이 흘려보내고
내 볼에 겨울바람이 주는 생기를 바른다

비워야 채우는 법

너의 슬픔이 내 안에 들어왔다
네 슬픔을 나의 슬픔으로 나누려고
활짝 문을 열어 주었다
너의 슬픔인지 나의 슬픔인지
슬픔에 흠뻑 잠겨 기쁨을 담을 수 없다
너의 슬픔이 기쁨으로 바뀔 때까지 기다리다
기쁨을 몰랐던 사람이 될까 두렵다

괜찮아

우산을 쓰면서

호랑이한테 물려가도 살아날 수 있다 했던가
하늘이 무너져도 솟아날 구멍이 있다 했던가

비가 역수로 내리쳐도 우산 아래 있으면 온몸이 비에 젖지는 않아
몇 천원만 들이면 잠깐 비를 피할 수 있는데
온몸에 흠뻑 비를 맞을 필요는 없어

극한 상황에서도 피할 길은 있으니까
피하지 않고 맞서 싸우겠다고 겁 없이 달려들어서 그렇지

긴장을 늦추고 우산 밑에서 호사를 누리며
머릿속을 잠깐 비워도 괜찮아
속도를 높이며 쉬지 않고 달리다가도
주변을 둘러보며 천천히 걸어가도 괜찮아
시간을 버리는 게 아니라 시간을 들여 마음을 넓히는 거야

괜찮아

소일거리

빠른 걸음으로 걷다가
멈춰 서서 주위를 둘러본다
천천히, 찬찬히, 마음을 비우고 보아야
비로소 보이는 것들에
시선을 멈춘다

껶여 상한 가지는 없는지
쌓인 먼지가 곰팡이로 눌러 붙은 곳은 없는지
해진 옷을 꿰맬지 버릴지
뒤죽박죽 쌓인 것의 제자리는 어디일지

얼룩이 묻은 것조차 잊혀져 버린 곳을
천천히, 찬찬히 들여다보니
얼룩진 내 마음도 깨끗해지나 보다

소일거리가 주는
소소한 행복 덕분에
소중한 나를 찾아간다

편철아 홀홀)

비 오는 날

먼지 낀 창을 통해 보는 것처럼
뿌옇게 보이던 것들이 온데간데없다
토독토독 토독토독 빗소리가
쏘속쏘속 쏘속쏘속 빗자루소리가 되어
온 공기를 쓸고 지나가더니
청량한 공기만 온 대지를 뒤덮는다
하늘의 갑작스런 물청소에
새파란 개구리들도 팔짝팔짝 뛰어다니고
초록빛 어르신들도 흔들흔들 춤을 춘다

편혜아 🍀

제3부, 사랑   사랑해 🖤❤

죽음과 맞닿은 사랑

사랑하지 않았다면 슬퍼하지도 않았을 텐데
미치도록 사랑하기 때문에 숨이 멎을 것 같이 아프다
놓아주었더라면 통곡할 이유도 없을 텐데
쪽잠이 마취제가 되어 잠깐 고통을 잊게 해 주긴 하지만
모든 감각이 둔해지고 기력이 더 쇠하여지기를
그러나 아직 나에게 사랑할 힘이 남았나 보다
죽도록 사랑하기 때문에 숨이 끊어질 것 같이 아프다

사랑해 ♥♥

영원한 사랑

영원할 수 없는 인생이
영원을 꿈꾼다
변해가는 사람이
변하지 않는 사랑을 꿈꾼다
아픈 걸 알면서도
사랑하고 또 사랑한다
사랑 없는 세상에서 사느니
죽음 같은 사랑을 꿈꾸겠다고
자신이 죽는 것이 사는 것이요
자신만 사는 것이 죽는 것이라고

사랑해 ♥♥

사랑이 할퀸 자리

널 사랑하는 일이
늘 행복하기만 하면 좋을 텐데
널 사랑하고 사랑하다
사랑이 할퀴고 간 상처로
마음이 고장났는지
모든 일상이 삐걱거리고
널 사랑하는 일이
두려운 일이 되어 버렸어
상처에서 흐르는 피가
여전히 흥건하게 흐르는데
그 피가 널 괴롭게 할까 봐
걱정하고 있는 날

어떡하면 좋니

사랑해 ♥♥

못 다한 이야기

한 번 물어보고 싶었어요
날 사랑하셨나요
왜 날 떠나셨나요
내 자식 키우다 보면
그 마음 이해할 수 있을까요
내 자식 키우면서
그 마음 더 이해하지 못하면 어떡하죠

더 상처 받을까 봐 물어보지 못한 말
영원히 하지 못할 말이 될 줄 알았다면
이렇게 빨리 사라질 줄 알았다면
민망해도 물어볼 걸 그랬어요

내가 너에게 들려주고 싶은 말
사랑했어, 사랑한다, 사랑할 거야   사랑해 ♥♥

해산의 고통

하늘이 노오래야 아가가 나오더라
죽는다 생각하는 그 순간에 아가가 나오더라
아가가 아프게 할 때 더 힘주어 아플 때 아가가 나오더라
힘을 아끼지 말고 죽을힘을 다해야 아가가 나오더라
죽을 만큼 아파야 아가가 나오더라
사랑의 결실은 죽음을 넘나드는 거란다

사랑해 ♥♥

꽃이 열매에게

시들지 않고 늘 아름다우면 좋으련만
아름다운 모습 그대로 바뀌지 않으면 좋으련만
영광스러운 나날만 고집할 수 없는 이유를 알고 있니

내가 시들고 썩어 문드러져야만
네가 이 세상에서 빛을 발할 수 있기에
내 모습을 상하게 하여 너를 탄생시킨다

시들어가는 자가 만들어낸 고통의 씨앗은
인고의 시간이 끝나면 새로운 세상에서
더 많은 열매와 아름다운 꽃으로 태어나겠지

뽐내는 시간은 잠깐이요 죽어감을 통하여
새로운 세계를 향한 문을 열어 준다
내가 아름다운 것보다 네가 태어나는 것이 행복하기에   사랑해 ♥♥

겨울에 피는 꽃

차가운 눈밭 위에서
어떻게 피어날 수 있었을까
따뜻해야만 꽃이 피는 건 아니었구나
차디찬 눈밭도 따뜻한 솜밭으로 만드는 기적
냉해 없이 꽃잎 하나 상하지 않는 아름다움으로
고고하게 피어났구나

사랑해 ♥♥

성화

꽃으로 피어나기까지 지나온 세월을 어찌 다 알랴
스쳐 지나가며 본 자가 어찌 알랴
과연 한 가지 색으로만 피어난 꽃이라 할 수 있는가
피어있는 꽃만 보고도 다 안다고 할 수 있는가
사랑으로 빤히 들여다본 자만 아는 너의 다채로운 삶
꽃으로 피어나기 위해 처절히 몸부림쳤을 지난날들

사랑해 ♥♥

삶의 희비

가야 할 길은 아직도 많이 남아 있다
보일 듯 보이지 않는 그곳에 언제 이를 수 있을까
쉽게 잡히지 않는 그곳을 바라보자니 온몸이 나른하다
지금 걷고 있는 좁고 평범한 이 길이 금을 캐는 길이리라
그곳에 도달할 수 없을지라도 이만큼 걸어온 것만으로도 기뻐하리라
길옆에 솟아 있는 파릇한 나무들의 사랑을 듬뿍 받으며 노래하며 가리라

사랑해 💜💜

탄생

커다란 예쁜 꽃이 진 자리에
앙증맞고 신성한 아기꽃이 피어났다
아기꽃이 자라나는 모습을 비록 보지 못해도
묵직한 사랑을 기도로 담아
아기꽃을 피어냈기에
그 양분이 주는 힘을 아기꽃은 알리라
엄마꽃이 지워지지 않는 아름다움으로
풀과 나무들을 친구 삼았기에
풀과 나무들은 엄마꽃을 그리워하며
아기꽃을 사랑으로 보듬어 안는다

사랑해 ♥♥

사랑초

여리여리한 몸을 일으켜
바스락거리며 일어나
기지개를 활짝 펴며
사랑 사랑 사랑 사랑 사랑
오늘도 사랑하리라 마음 다지고

사랑하는 마음 잘게 부수어
이파리 이파리마다 담아
천진난만한 얼굴로 환하게 웃어 주며
사랑 사랑 사랑 사랑 사랑
오늘도 사랑하며 기뻐하리라

사랑해 ♥♥

무궁화

나무라기에는 작지만
꽃이라기에는 큰
범접할 수 없는 위엄 있으나
손이 닿을 만큼 친근하게
화려한 듯 화려하지 않은 듯
사라질 듯 사라지지 않는
피었다 졌다 또 피는
마음먹은 것 끝까지 해내는 다짐
한 조각 붉디붉은 마음
끝나지 않는 무궁한 사랑

사랑해 ♥♥

142

김지유의 시와 그림에 대하여

꽃과 사람이 참 많이 닮았다는 것을 알았다

민윤기(시인, 문화비평가)

1

나, 시인이 될 수 있을까/ 아무도 알아주지 않는 들풀이라도/ 외로운 들풀을 붙잡아두어 말을 걸고/ 무심코 스쳐 보내지 않는/ 소꿉 말동무 같은 시인이 될 수 있을까

나, 시인이 될 수 있을까/ 추억과 아픔을 몸 밖으로 꺼내지만/ 마구잡이로 난도질하여 꺼내지 않고/ 보일 듯 말 듯 조심스레 꺼내와/ 감정의 찌꺼기들을 깨끗하게 걸러내는/ 계곡의 시냇물 같은 시인이 될 수 있을까

나, 시인이 될 수 있을까/ 사람의 마음속 민낯을 드러내지만/ 민낯을 부끄럽게 만들지는 않는/ 사람을 넘어 대지까지라도 그 안에 품어/ 따사로운 시선을 비춰 주는/ 아기 품은 어머니 같은 시인이 될 수 있을까

이 시는 김지유 시인의 2019년 '월간시' 추천시인상 당선작 중 한 편인 「나, 시인」이다. 이 작품은 그보다 먼저 열렸던 서울시인협회 여름시인학교 백일장에서 최우수상을 받은 작품이기도 하다. 이렇게 '곱디 고운' 심성을 지닌 김지유 시인은 윤동주의 '부끄러움'을 고스란히 간직한 시인이라는 평가를 받았고, 심사위원으로부터는 '여자 윤동주'라는 칭찬

을 듣기도 했다. 시인으로 등단한 후 김지유 시인은 기대를 저버리지 않고 곧바로 부부시집 『진주가 된 생채기의 사랑』을 발표했다. 그리고 한동안 뜸했었는데, 그동안 김지유 시인은 소리 소문 없이 조용히 시를 쓰면서 그 시의 이미지를 그림으로 그리는 데 몰두했다.

우리나라에는 그림을 그리는 시인들이 적지 않다. 따라서 '그림을 그리는 시인'이라는 건 별로 새로운 뉴스는 아니다. 원래 예술가란 사물과 삶에 대해 유독 관심이 많은 족속이다. 그 관심을 표현하는 방식을 말로 이루어지는 시로 나타내거나, 또는 음악이라는 소리로, 그림이라는 시각 형식으로 나타내기도 하니까, 시인이 그림을 그린다는 건 특별한 예술행위만도 아니게 되었다. 장르를 넘나드는 문화예술의 협업 작업, 즉 콜라보레이션이 흔한 세상이 된 셈이다.

"그림은 말없는 시라고 불리고, 시는 말하는 그림이라고 불린다"는 에머슨의 말이나, "그림은 말 없는 시이고, 시는 말하는 재능을 가진 그림"이라고 말한 호라티우스의 말처럼

오래 전부터 시와 그림을 동류同類의 예술로 보는 견해가 있었다. 기원전 로마 시대를 대표하는 시인 호라티우스와 19세기의 미국의 시인 에머슨이, 시대적으로는 거의 2천 년이나 떨어져 살았는데도 같은 뜻의 말을 한 것처럼, 시인이 그림을 그리거나 화가가 시를 쓰는 행위를 통틀어 동류로 파악할 수도 있다고 보여진다. 따라서 시를 쓰는 시인이 그림을 그릴 수도 있고, 그림을 그리는 사람이 시를 쓸 수도 있는 것이다. 시를 쓰는 시인이 사진을 찍을 수도 있고, 반대로 사진작가가 시를 쓸 수도 있듯이…. 이는 재능의 문제가 아니라 사물을 인식하고 표현하는 방식을 그때 그때 선택하는 문제일 뿐이다.

2

그림을 그리는 시인으로 가장 대표적인 인물로 우리는 헤르만 헤세를 꼽는다. 헤르만 헤세는 잘 알다시피 「유리알 유희」로 노벨문학상을 수상했고, 「데미안」 「수레바퀴 밑에서」 「싯다르타」 같은 대표작을 남긴 20세기 최고의 시인이다. 헤세는 그 작품들을 통해 성장

하는 청춘들의 고뇌와 자연에 대한 동경, 인간 내면에 존재하는 양면성, 인간다운 삶의 방향과 자유에 대해 이야기했다. 그런 헤세가 죽기 일주일 전 마지막 작품으로 「꺾어진 가지」 시 한 편과 수채화 한 점을 남겼다는 점은 대단히 상징적이다.

"평생 시인 이외에는 아무것도 되지 않겠다"던 헤르만 헤세는, 한평생 평화주의자로 살려고 했던 헤세는, 세계대전이라는 역사의 광풍을 겪으며 "전쟁의 유일한 효용은 사랑이 증오보다, 이해가 분노보다, 평화가 전쟁보다 훨씬 더 고귀하다는 사실을 우리에게 일깨워주는 것뿐"이라고 말하며 조국 독일 군국주의가 일으킨 세계대전에 반대했다. 때문에 헤세는 배신자, 매국노라는 언론의 집중포화를 받으며 그의 모든 저서는 판매금지와 출판금지 처분을 받았다. 그 결과 헤세는 최악의 정신적 고통에 시달리면서 펜을 던지고 1930년부터 시골에 파묻혀 정원을 가꾸며 글 때문에 받은 상처와 정신적 고통을 치료하기 위해 그림을 그리기 시작했다. 주로 시골에 흔히 볼 수 있는 풀, 들꽃, 산, 강 그리고 그가 어린 시절부터 들판에 누워 종일 바라보던 구름 등 아름다운 풍경을 수채화로 그리면서 감성을 회복해 비로소 문학에서 느끼지 못했던 희열과 평안을 느끼게 되었다. 그는 많은 수채화를 남겼고 자신의 작품에 곁들이는 삽화를 직접 그리기도 했다.

나는 우리나라의 조병화 시인을 헤르만 헤세와 자주 비교하곤 한다. 조병화 시인은 평생 53권의 '엄청난' 시집을 발표했는데, 시집들 중에는 시와 그림을 함께 수록한 시집이 적지 않다. 숫제『창 안에 창 밖에』같은 '그림이 있는 시집'도 여러 권 있다. 조병화 시인 생전에 혜화동 서재를 방문할 기회가 많았는데, 서재에는 캔버스와 그림도구가 가득 차 발 디딜 공간이 모자랄 정도였고, 외부 일정이 없는 날에는 거의 모든 시간 그림을 그리는 것 같았다. 그래서 시인은 스스로를 가리켜 "시인이요, 화가요, 럭비선수"라고 말하기도 했다.

3

오해하지 않았으면 좋겠다. 김지유 시인의

시와 그림을 소개하는 짧은 글속에 굳이 헤르만 헤세와 조병화 시인을 등장시킨 뜻은, 그분들과 김지유 시인을 비교하자는 건 아니다. 헤르만 헤세와 조병화 시인이야 평생 시를 쓰고, 훌륭한 그림을 그려 온 이력이 있으며, 그 재능 또한 뛰어난 시인들 아닌가!

윤동주 시인의 연세대 새까만 후배인 김지유 시인은 연세대 법학과 출신이다. 법대생이면서도 시에 대한 열정은 뜨거워 문과대 강의실에서 들려오는 문과대 학생들의 웃음소리가 너무나 부러웠고, 문과대 건물 근처 윤동주 시비 앞에 누군가가 새로운 꽃다발을 놓아두고 가는 것을 지켜보는 것도 신기했다. 누군가가 갖다놓은 그 싱싱한 꽃다발처럼 시는 시들지 않는 꽃과 같다고 생각하며 언젠가는 나도 시인이 되어야지 하는 결심을 품은 것이다.

2019년 '월간시' '추천시인상'을 통해 평생의 소원인 시인이 된 후, 김지유 시인은 쓰고 싶은 시를 쓰면서 자신의 마음을 위로해 주고 나니까 새로운 소망이 생기게 되었다. 나를 행복하게 해 주는 것이 시라면, 그림은 남을 행복하게 해 줄 수도 있지 않을까. 그래서 시를 쓰면서 관찰하고 마음에 담아두었던 것을 그림으로 그려 이웃사람들에게 선물하자. 아마 그 그림을 받는 사람이 행복해지지 않을까 하는…. 그림을 그리기 시작했다. 꽃과 풍경을 그리면서 자신에게 위로를 준, 누가 알아주지 않아도 열심히 살아가는 사람들을 떠올리면서…. 그래서 그분들에게도 누군가가 위로해 주면 지치지 않고 넘어지지 않고 삶을 잘 살아낼 수 있지 않을까 하는 소박한 마음을 담은 그림을 그리기 시작했다. 순전히 그분들을 위한 작업이었고 완성된 그림은 모두 선물했다.

김지유 시인이 그림을 그리는 여느 시인들과 다른 점이 바로 이 점이다. 자신이 그림을 소장하거나 그 모여진 그림으로 전시회를 열거나 할 생각이 전혀 없다. 오로지 '남에게 선물로 주기 위해' 그린 그림이다. 그러므로 당연히 김지유 시인은 현재 자신의 그림을 단 한 점도 갖고 있지 않다. 김지유 시인의 그림

그리기는 예술행위라기보다 남을 위한 이타행위다. 그림을 잘 그려 재능을 뽐내기보다는 그림을 선물 받는 사람의 행복과 안심이 우선이다. 자신의 그림을 선물 받은 사람으로부터 "덕분에 행복해졌어요" "살아갈 힘을 얻었어요"라는 말을 들을 때 비로소 힘든 작업을 한 보람을 느낀다고 김지유 시인은 말하고 있다.

4

김지유 시인의 시는 감성과 소재와 주제가 상당히 '윤동주'를 닮았다. '닮았다'는 말은 흉내 낸다는 말과는 다르다. 같은 시대의 이웃에게서 느끼는 연민과 사랑을 표현한다는 면에서 닮았다는 뜻이다. 예를 들고 싶은 작품이 여러 편 있지만 그 중에서 「슬픔을 가둔 희망」한 편만을 콕 집어 소개한다.

슬픔이 죽음으로 끌고 가지 못하도록/ 머리부터 발끝까지 희망을 장착하라/ 슬픔은 온몸을 감싸는 눈물과 같아서/ 벗긴다고 벗길 수 있는 것이 아니니/ 희망의 높은 장벽으로 슬픔을 가두라/ 슬픔은 슬픔대로 그냥 내버려두고/ 희망의 장벽을

높이 높이 쌓아올리라

'장착하라' '가두라' '쌓아올리라' 같은 명령어가 등장하지만 시를 읽으면 이 명령어는 오히려 화자(시인)와 독자가 함께 하자는 '동행'의 의미가 강해진다. 김지유 시인의 거의 모든 시에서 보여지는 이런 표현 방식은 이웃을 제3자 입장에서 '구경하듯' 바라보지 않고 함께 그들과 함께 하는 공감과 연대의식으로 느껴진다. 이것이 김지유 시인의 미덕이요 강점이라고 생각한다.

"꽃과 사람의 모습이 닮아 있어서 시를 쓰고 그림을 그려 선물합니다."고 말하는 김지유 시인의 헌사 한 마디는 이 시집의 의미를 더욱 소중하게 하고 있다. 참으로 혼탁한 말과 글들이 범람하는 시대를 흐르는 맑은 물과 같은 귀한 선물이 아닐 수 없다.*

좋은 재료가 있으면 맛있는 음식을 만들 수 있듯,
제 주변에 괜찮은 사람들이 유난히 많았나 봅니다
내 마음을 사로잡아 붙들어둔 사람들의 생화生話

슬픈 사연이 있지만 이겨내고 있는,
평범하지만 열심을 다해 살아가는,
유명하지 않아도 그 앞에 서면 부끄러운,
알아주는 사람 없어도 자기 몫을 톡톡히 해내는,
내게는 위인전에 실릴 법한 위대한 사람들

마음을 따뜻하게 해줘서 고맙습니다
살아갈 용기를 주셔서 감사합니다
사랑합니다, 그대들을 그냥 지나칠 수 없었습니다

김지유

seestarbooks 023

김지유의
그림이 있는
시집

수고했어 괜찮아 사랑해

제1쇄 인쇄 2022. 7. 25
제1쇄 발행 2022. 8. 1

지은이 김지유
펴낸이 김상철
펴낸곳 스타북스

등록번호 제300-2006-00104호
주소 서울시 종로구 종로 19 르메이에르종로타운 B동 920호
전화 02-735-1312 팩스 02-735-5501
이메일 starbooks22@naver.com

ISBN 979-11-5795-654-8 00810